KB157826

한국 희곡 명작선 83

먼지 아기 | 꽃신 그 길을 따라

한국 희곡 명작선 83

먼지 아기
꽃신 그 길을 따라

박주리

평민사

빨주기

먼지아기

1995년 서울신문 신춘문예 당선작

등장인물

엄마(40대 중반)
딸(20대 초반의 임산부)
턱시도우(30대 중반)

무대

무대의 분위기는 어두워야 한다.
무대는 1장, 8장 9장에서 변한다.
1장은 가로로만 움직이는 단상과 무대 앞쪽이 올라오는 무대를 사용한다.
단상은 높이가 30센티이고 폭이 1미터이고 엄마와 턱시도우의 대사가 끝날 때까지 가로로 왕복이동 한다.
위로 올라오는 무대는 무대 앞쪽에 위치하며 다 올라왔을 때가 무대전체 높이와 같다.
8장은 낡은 재봉틀이 무대 오른쪽에 놓인다.
9장은 "먼지아기"들로 가득 차 있고 중앙에 낡은 재봉틀이 놓인다.
나머지 2,3,4,5,6,7장은 옷으로 쌓아서 만든 침대와 옷으로 쌓아서 만든 소파가 무대 왼쪽과 중앙에, 오른편에는 낡은 재봉틀이 놓인다.

소품

먼지아기(인형이나 희곡에선 살아있는 아기로 되어있고, 피부는 분홍색, 눈은 노랑색, 머리는 보라색이다)
다이아반지(테니스공만한 크기)
살색옷(배우들의 알몸상태를 나타낸다)
거대가위(1미터 가량의 크기)
바퀴벌레(모형)
돋보기(50센티 정도의 크기)
틀니
거대 혀(50센티 정도의 크기)
방독면

1장

단상주위로 "먼지아기 만세!"라고 적힌 플래카드들과
먼지아기의 사진들이 꽂혀있다.
무대 밝아지면 사람들의 함성이 들린다.
사이. 단상 위로 엄마와 턱시도우 등장.
이동하는 단상. 턱시도우 어깨 위에는 먼지아기가 올라타 있다.
조명이 먼지 아기를 화려하게 비춘다.

엄마   (관객을 행해 과장되게 손을 흔들며) 영웅이 되었어!

턱도   다 나의 탁월한 비즈니스 덕분이지. "먼지아기 대량생산
        프로젝트"가 이렇게까지 성공할 줄은 몰랐어.

턱시도우는 먼지아기를 쳐다보며 웃는다.

엄마   시기를 잘 탄 거야. 어느 누구도 흉내 낼 수 없는 독특한
        상품!

턱도   난 천재야!

엄마는 흐뭇한 미소로 턱시도우를 바라보며 그의 뺨에 소리가 나
도록 키스한다.

턱도 (호주머니에서 만원을 꺼내 볼에 묻은 루즈를 닦으며) 참아, 시간은 얼마든지 있으니까.

루즈 닦은 돈을 구겨서 바닥에 버린다.
더 커지는 환호소리. 관객을 향해 활짝 웃으며 손을 흔드는 턱시도우와 엄마.
사이.

턱도 (머뭇거리며) 그런데, 그런데 말이야.

엄마 활짝 웃어. (춤추듯 손을 흔들며) 손도 좀 크게 흔들고.

턱도 그런데 (사이) 우리 아가는 어디 있을까.

엄마 (웃고 있던 얼굴이 우는 얼굴로 바뀌며) 우리 아가. (사이. 다시 웃는 표정으로 바뀌며) 우리 아가.

턱도 우리 아가가 아니었으면 당신은 유명해질 수 없었어.

엄마 어림없는 소리. 우리 아가가 아니었어도 난 지금쯤 최고의 모델이 되어서 파리, 밀라노, 뉴욕, 도쿄를 돌며 내 아름다움을 과시하고 있었을 거야.

턱도 어림없는 꿈이지. 아가는 어딨어?

엄마 (기분 상해서) 몰라.

턱도 엄마잖아.

엄마 아가는 날 엄마로 생각 안 했어.

턱도 비극이군.

엄마 그때 우리가 집을 나오고 나서 한 6달 후였나. 쇼프로를 찍기 위해서 찾아간 이후 한 번도 가보질 못했잖아.

턱도   무척 바빴지. 벌써 2년이 지났어. "스타 먼지아기를 탄생시킨 스타 엄마"라는 제목의 쇼프로를 찍기 위해 찾아갔었지만 귀여운 아가는 없고 대신 먼지아기들이 우릴 기다리고 있었지.

움직이던 단상이 멈추고 무대는 어두워진다. 올라오는 앞무대.
조명이 앞무대를 비춘다. 앞무대에는 12명의 먼지아기들이 앉아 있고 오른편에는 낡은 재봉틀이 놓여있다. 조명을 받아 먼지아기들이 화려하게 보인다.
앞무대 다 올라오면 엄마와 턱시도우는 단상에서 내려와 앞무대로 간다.
이때 어깨 위의 먼지아기는 단상에 내려놓는다.

엄마   (앞 무대를 향해) 아가야, 귀여운 아가야!

턱도   6개월 만에 집에 와 보다니. (먼지아기들을 보고 놀라며) 아니, 세상에 이럴 수가!

엄마   왜 그래? (먼지아기들을 보고 놀라며) 아니, 세상에 이럴 수가!

턱도   (침착하게) 여기 아가 말고는 다른 사람 살지 않지?

엄마   (흥분을 가라앉히며) 응. 예전의 나 말고는.

턱도   친구는?

엄마   단 한 명의 친구도 집에 데려 온 적이 없었어.

턱도   (먼지아기들을 향해) 너희들은 어디서 왔지?

음향으로 먼지아기들 목소리 "귀여운 아가 뱃속에서"

엄마   (쓰러지려 하며) 세상에, 이럴 수가.

턱도   (엄마를 안으며) 정신 차려. (사이) 우리가 없는 동안 아가는 계속해서 먼지로 된 아기를 낳은 거야. 이렇게 많이.

엄마는 손가락으로 그 수를 센다.

턱도   우리 아가가 먼지아기를 4개월 만에 낳지? 그런데 불과 6개월 만에 몇 명?

엄마   12명.

턱도   믿어지지가 않아. 한 달에 평균 두 명의 아기를 낳다니.

엄마   우리가 먼지아기와 함께 처음 TV에 출연했을 때 의학계에서 크게 놀랐었잖아.

턱도   자, 어서 옮기자구. 앞으로 우리나라뿐만 아니라 전 세계가 놀라게 될 테니까.

엄마   무슨 뜻이야?

턱도   아가는 우리가 계획하고 있는 대량생산 프로젝트를 이미 앞선 거야. 연구실로 이 아기들을 데려가 보다 철저하게 연구하면 우리나라 모든 여성 근로자들이 먼지아기를 낳을 수 있을 거야. 6개월 만에 12명이면 1년이면?

엄마   24명.

턱도   더 연구하면 개월 수도 앞당기고 아기의 수도 늘릴 수 있어.

엄마 그렇게 되면 수출도 가능하겠네.

턱도 이제야 통하는군.

엄마 (먼지아기들을 안으며) 잘됐어. TV, CF 영화 스케줄이 꽉꽉 차서 펑크나기 직전인데 이 아기들을 대신 출연시키지 뭐.

턱도 스케줄 관리 좀 잘하지.

엄마 메뚜기도 한철, 몰라?

턱도 어서 옮기자구.

엄마와 턱시도우 한 아름씩 먼지아기들을 안고 퇴장.

앞무대 내려가면서 조명 어두워진다.

음향으로 엄마의 목소리 "근데 우리 아가는 어딨지? 쇼프로 찍어야 하는데"

앞무대 다 내려가면 무대 밝아진다.

엄마와 턱시도우 단상에 올라 있고 턱시도우 어깨 위에 먼지아기 올라타 있다.

이동해가는 단상.

엄마 (훌쩍이며) 귀여운 아가야.

턱도 (주머니에서 만원을 꺼내어 엄마의 눈가를 닦아주며) 기자들한테는 감동해서 울었다고 해. 마스카라가 번지겠어.

엄마 (조금 진정되며) 괜찮아. 코팅 마스카라여서 번지거나 지워질 염려는 없으니까.

턱도 웃으라고 활짝!

엄마는 관객을 향해 입안이 다 보일 정도로 활짝 웃는다.

엄마·턱도 (두 손을 번쩍 들면서) 무역 흑자1위! 먼지 아기 만세! 먼지
　　　　　아기 만세! 대한민국 만세! 대한민국 만세!

엄마　　유관순이 된 느낌이야. (턱시도우의 귀에 입술을 바짝 대며) 내
　　　　　연기 어땠어?

턱시도우 무표정이 된다.

엄마　　(턱시도우의 엉덩이를 때리며) 내 연기 어땠냐고?

턱도　　(흘쩍거리며) 아직도 재봉틀을 돌리고 있는 걸까.

엄마　　(턱시도우의 주머니에서 만원을 꺼내 그의 눈가를 닦아주며) 웬 땀
　　　　　은 이렇게. 기자들한테는 감동해서 울었다고 해. 붙인 속
　　　　　눈썹이 떨어지겠다.

턱도　　(조금 진정되며) 괜찮아. 초강력 접착제로 붙였으니까.

엄마　　우린 애국자야. 애국자답게 행동해야 돼.

턱도　　이런… 애국자는 귀여운 아가야. 그녀가 먼지로 된 아기
　　　　　를 낳지 않았다면 우리가 영웅이 될 수 있었겠어? 당신,
　　　　　정말 아가의 엄마 맞아? 엄마가 맞냐고?

엄마　　그만해. 자, 가자구. 어서.

턱도　　가? 어디?

엄마　　집에. (야릇한 미소를 지으며) 당신이 처음으로 내게 추천서를
　　　　　써주었던.

턱도   좋아. 우리 귀여운 아가가 아직 그 집에 있다면 그녀에게
도 멋진 추천서를 써주겠어.

무대 암전.

2장

무대 왼쪽에는 침대, 중앙에는 소파, 오른쪽에는 낡은 재봉틀과 의자가 놓여있다.

문은 왼쪽에 있는데 실제 있는 문이 아니다. 마임동작으로 문 여는 장면을 표현.

무대 밝아지면 딸이 문을 열고 등장한다.

침대에는 엄마가 자고 있다.

딸은 재봉틀로 힘없이 걸어가 재봉틀 의자에 앉는다. 관객을 향해 앉은 모습. 부른 배를 쓰다듬으며 눈을 감는다.

사이.

눈을 뜬다. 재봉틀을 돌린다.

몹시 지친 얼굴. 먼지가 날린다.

딸   배가 고파.

엄마   (허공을 휘저으며 잠꼬대 한다) 믿어 주세요. 믿어 주세요. 잘 할 수 있어요.

딸은 고개를 들어 엄마를 쳐다본 뒤 다시 재봉틀을 돌린다.

엄마   (눈은 감은 채 침대에서 일어나며) 난 최고에요. 일류 모델이라구요. 변하지 않았어요. 몸매도 그대로에요. 자, 봐요.

치마를 허리까지 들어 올리는 엄마. 순간, 잠에서 깨어나 호들갑
스럽게 치마를 내리고 딸에게로 간다.

엄마 내 귀여운 아가.

딸 (낮은 음성으로) 난 아가가 아니야.

엄마 언제 왔니?

딸 깨어났어요?

엄마 아가야, 무슨 소리니? 이 엄마는 안 자고 있었단다. 우리
아가를 위해 저녁은 뭘로 할까 고민하고 있었어.

딸 거짓말.

엄마 오늘따라 내게 너무 쌀쌀맞구나.

엄마, 소파로 가서 옷 사이에 끼어있는 손수건을 꺼내어 눈가를
닦는다.
눈물은 흐르지 않는다. 딸의 눈치를 살피며 큰소리로 운다.

딸 (재봉틀을 돌리며) 눈물은 이미 말라 버린 지 오래잖아요.

엄마 (울먹이는 목소리로) 오늘 오전에 M을 만났어.

딸 (엄마를 쳐다보며) M?

엄마 내 매니저 말이다.

딸 (가라앉은 음성으로) 그래서요.

엄마	일을 달라고 했지.
딸	(가라앉은 음성으로) 그런데요.
엄마	(울먹이며) 내가, 너, 너, 너무. (큰소리로 운다)
딸	(귀를 막으며) 그만, 그만!
엄마	(울음을 딱 그치며) 미안하구나 아가야. (딸 곁으로 가 딸의 머리를 만지려고 하자 딸은 엄마의 손을 뿌리친다. 사이) 내가 늙었대. (가슴을 만지며) 가슴도 처지고 (양쪽 볼을 잡아당기며) 피부도 처지고. 쓸모가 없다는구나.
딸	(재봉틀을 돌리며) 가슴이 좀 처지면 어때요. 중요한 건 어떻게 사느냐인데.
엄마	(생각난 듯이) 아참, 병원엔 갔었니? 딸이래? 아들이래?

계속해서 재봉틀만 돌리는 딸.

딸 주위로 먼지 날린다.

암전.

3장

엄마는 소파에 앉아 고개를 푹 숙인 채 코를 곤다.
딸은 재봉틀을 돌린다.

엄마 (고개를 들며 힘찬 목소리로) 아니야, 그렇지 않아. M은 내 옷을 만들고 있을 거야. 세상에서 제일 근사한 옷을. 아직 완성되지 않아서 그러는 걸 거야. 시간을 끌려고. 맞아, 바로 그거야. 그 옷을 입고 무대에 서게 되면 난 스타가 되는 거야. 어느 누구도 입지 못하는 나만의 옷, 나의 무대. (딸을 보며) 아가야, 기운이 다시 생겼어. (소파에서 일어나 콧노래를 부르며 춤을 춘다. 침대로 가서 옷들을 꺼내 몸에 대본다) 아가야, 이 옷이 낫니? 아니면….

딸 주위로 먼지 날린다.

딸 (주위를 둘러보며) 어둠뿐이야.
엄마 뭐라구? 잘 못 들었단다. 아가야, 다시 말해주겠니?
딸 (주위를 보며) 어둠이에요.
엄마 깜박했구나. 언제 밤이 됐지? (문으로 가 불을 켜려고 한다)
딸 (엄마를 향해) 진짜 장님이군요. 불은 아까부터 켜져 있었어요.

엄마 (고개를 들면서) 아, 눈 부셔. 우리 아가, 거짓말 하면 혼나요.

엄마는 딸 곁으로 가 딸의 볼을 만지는데 딸은 엄마의 손등을 꼬집는다.

엄마 아얏! 왜 이러니? 배가 아프니? 의사를 불러 올까? (딸의 배를 만지려고 한다. 이때 초인종이 울린다) 누구지? 이 시간에. 혹시 M이 아닐까? (빠른 걸음으로 문 앞에 가서) M이에요?

엄마, 문을 열자 007가방을 든 턱시도우 차림의 남자가 들어온다. 실망한 표정을 짓는 엄마.

엄마 M이 아니군요.
턱도 필요에 따라서는 M이 될 수도 있죠.
엄마 누구세요?
턱도 몇 주 전에 길에서 뵈었지요.

무대 어두워진다. 스포트라이트 받는 엄마와 턱시도우.
제자리걸음을 하는 엄마.
뒤에서 엄마의 아래, 위를 쳐다보는 턱시도우.

턱도 돈 좀 있어 보이는데. (엄마의 어깨를 치며) 저.

엄마, 뒤돌아 턱시도우를 본다.

턱도	실례하지만 부인.
엄마	네, 말씀하세요.
턱도	무척 미인이시군요. 길을 잃어서 버스 정류장을 찾지 못하고 있습니다. 정류장이 어디 있습니까?
엄마	정류장요? (웃으며) 따라오세요.
턱도	그냥 말씀만 해주시면 되는데. 폐를 끼쳐서 어쩌죠?
엄마	다음에 이곳에 오게 되면 보답하세요.

스포트라이트 꺼진다. 무대 밝아진다.

엄마	아, 이제 기억나요. 근데 저희 집을 어떻게 아셨죠?
턱도	보답해 드리기 위해 동네를 샅샅이 뒤졌죠. 여기 계속 서 있어야 하나요?
엄마	(당황하며) 들어오세요. 보답을 바라고 한 일은 아니었는데. (소파로 턱시도우를 안내하며) 아가야, 손님 오셨다.
턱도	아이가 있으신가요?
엄마	네. 아주 사랑스런 아이에요. 아가야, 인사하렴.

딸은 아무런 반응이 없다. 엄마와 턱시도우는 소파에 앉는다.

엄마	(턱시도우를 가리키며) 아가야, 이쪽은.

턱도	전 턱시도우라고 합니다. 제 직업은.
딸	(턱시도우를 쳐다보며) 난 당신을 알아.
턱도	언제 우리가 데이트라도 했나요?
딸	(관객을 보며) 사기꾼.
턱도	잠깐, 우리 고객이신가요? 번호를 말씀해 주십시오.
딸	번호 따윈 필요 없어.
엄마	(약간당황하며) 죄송해요. 우리 아가가 피곤해서 짜증을 내는 거예요. 하루 종일 재봉틀만 돌리거든요.
턱도	재봉틀?
엄마	네. 몸도 홀몸이 아니라서. 8개월째에요.
턱도	이해합니다.
딸	(배를 만지며) 아직 4개월도 안 됐어. (다시 재봉틀을 돌린다)
엄마	딸아이는 거짓말을 잘 한답니다.
턱도	귀엽군. (엄마를 쳐다보며 과장되게) 전 부인의 잠재된 능력을 보았습니다. 지난번 부인의 아름다운 모습과 마주친 순간!

엄마는 흥분하여 자신의 손으로 가슴과 배를 만진다.
실제로 만지는 것이 아니라 만지는 동작을 과장되게 연출하는 것.

턱도	(더욱 과장된 어투로) 가슴이 벅찼습니다. 자신의 아름다움에 대한 자부심! 어느 누구도 넘볼 수 없는 금세기 (큰소리로) 최고의 미모!

엄마, 비명을 지른다. 동시에 귀를 막는 턱시도우와 딸.

사이.

엄마 흥분을 가라앉히고 자세를 바르게 한다. 재봉틀을 돌리는 딸.

엄마　　멋진 보답이었어요.

턱도　　별 말씀을. (깔고 앉아있는 옷들을 살피며) 이게 아닌데.

엄마　　왜 그러세요?

턱시도우, 가방에서 돋보기를 꺼내 침대로 가서 돋보기로 옷들을
본다.

엄마　　잘못된 옷이라도 있나요?

턱도　　(한숨을 쉬면서 소파로 온다) 안타깝군요. 부인.

엄마　　뭐가요?

턱도　　싸구려입니다. 여기 있는 옷들은 부인과 맞지 않습니다.

딸　　　그래요.

엄마　　그럴 리가요. 당신이 잘못 본 거예요. 여기 있는 옷들은 다
　　　　　비싼 거예요. 턱시도우 당신은 엉터리야.

턱도　　비싸다구요? 엉터리라고요? 내가 잘못 생각했군. 이만 가
　　　　　보겠습니다. (문으로 가는데 발걸음이 매우 느리다. 슬로우 모션으
　　　　　로 처리)

엄마　　잠깐만, 가다니요?

딸　　　(엄마를 보며) 모조리 다 치워버려.

엄마　입 닥치지 못하겠니.

딸　이제야 본성이 나오는군요. (재봉틀을 돌린다)

　　　엄마는 문 쪽으로 느리게 걸어가는 턱시도우의 팔을 붙잡는다.

턱도　행동이 민첩하지 못하시군요.

　　　엄마 쑥스러운 듯 미소 짓는다.

턱도　부인 같으신 분이 이런 시장 옷을 입다니 안됩니다. 여기 있는 옷들은 돈만 주면 얼마든지 살 수 있지만 저희가 판매하는 옷은 고객이 되지 않는 이상 절대로, 절대로 입을 수 없습니다. 저희는 같은 옷을 여러 벌 만들지 않습니다. 한 디자인에 한 벌씩!

엄마　어떻게 하면 고객이 될 수 있죠?

딸　(엄마를 향해) 제발 하지 말아요.

엄마　아가야, 어른들 하는 일에 끼어드는 게 아니란다.

딸　난 아가가 아니야.

턱도　우선 회비를 내셔야 합니다. 회비는.

　　　턱시도우는 엄마의 귀에 입술을 바짝 대며 귓속말을 한다.
　　　엄마는 놀라 입을 크게 벌리는데 입을 다물지 못한다.

턱도   (관객을 향해 미소 지으며) 붙게 하는 방법이 있지.

턱시도우는 안주머니에서 혀와 틀니를 꺼내 엄마의 귀에 혀를 갖다 대고 틀니로 귀를 문다.
엄마는 만족의 표정을 지으며 입을 다문다.

딸   (엄마의 모습을 보며) 또 시작 됐어.

엄마   그런데 어쩌죠. 가지고 있는 현금이 없어서. 수표라도 써 드릴까요?

턱도   죄송하군요. 저희는 현금제일주의입니다. (엄마의 손에 끼어 있는 다이아반지를 유심히 본다) 부인께선 저희 고객이 되길 진심으로, 진심으로 원하십니까?

엄마   네.

턱도   얼마만큼 원합니까?

엄마   하늘만큼 땅만큼.

딸   거짓말.

턱도   (딸을 보며) 당신은 진짜 거짓말을 잘 하는군요. (엄마를 보며) 좋아요. 당신을 우리 고객명단에 집어넣겠어요.

엄마   (손뼉을 치며) 공짜로?

딸   어리석군.

턱도   다이아반지. 조건은 다이아반지예요.

엄마   아, 안 돼요. 이건 결혼반지예요.

턱도   젠장, 입만 아프게 계속 떠들어댔잖아.

문으로 걸어가는 턱시도우. 이번엔 빠른 걸음이다.

엄마는 턱시도우를 못나가게 하려고 그를 쫓다가 엎어진다. 엎어지면서 턱시도우의 바지를 붙잡는데 이때 바지가 벗겨진다. 놀라는 턱시도우.

턱도　　부인 안 됩니다. 이런 곳에선. (재봉틀을 돌리고 있는 딸을 쳐다보며) 아가도 있는데.

엄마　　(활짝 웃으며) 좋아요. 가입하겠어요.

엄마는 턱시도우의 내려간 바지를 올려준다. 턱시도우와 엄마는 서로 미소 짓는다.

둘은 소파에 가서 앉는다. 턱시도우는 가방에서 서류를 꺼내어 엄마에게 준다.

엄마는 서류를 받아 눈으로 읽는다.

턱시도우는 재봉틀을 돌리고 있는 딸에게로 간다.

턱도　　(딸 뒤에서 딸의 가슴을 과장되게 만지는 동작을 취하며) 부드러워.

아무런 반응 없이 재봉틀만 돌리는 딸.

엄마　　(턱시도우가 딸을 만지는 것을 보지 못하며) 여기다 서명하면 되지요?

턱도　　(딸의 배를 만지며) 네. 뒷장에 주소를 기입하십시오. (딸의 귀에 속삭이며) 배가 참 따뜻해.

엄마   자, 됐어요.

턱시도우 허둥대며 엄마에게 간다. 엄마는 서류를 턱시도우에게
주고 그는 가방 안에다 서류를 넣는다.

턱도   처음 일년은 공짜로 옷 네 벌이 부인께 배달됩니다. 봄, 여
름, 가을, 겨울 각각 한 벌씩 말이죠. 그 다음부터는 부인
이 사시는 겁니다. 일년에 세 벌 이상은 꼭 사셔야합니다.
고객들이 갖는 혜택은 각종 패션쇼를 관람할 수 있고 부
인처럼 아름다우신 고객은 직접 모델이 되어서 무대에 설
수 있습니다.

엄마   모델? 방금 모델이라 하셨나요?

턱도   부인은 소질이 있습니다.

엄마   (호들갑스럽게) 아가야, 들었지? 이 엄마가 이제 모델이 될
수 있단다.

딸   좋겠군요.

턱도   추천서가 있으면 됩니다.

엄마   추천서요? 빨리 써 주세요. 지금 당장. (손에 끼고 있던 다이아
반지를 빼서 턱시도우에게 준다)

턱도   추천서야 지금 당장이라도 써드릴 수 있지만 패션쇼는 내
년에 열립니다.

엄마   상관없어요. 빨리 써주세요. 오, 기뻐라! 온몸이 달아오르

턱도	고 있어요!
	좋습니다.

엄마 침대로 가서 눕는다. 딸은 엄마를 쳐다본다. 다시 재봉틀을
돌린다.

엄마	빨리 추천서를 받고 싶어요.
딸	창녀.
턱도	(딸을 보며) 너에게도 추천을 써주겠어.

턱시도우 침대로 간다. 누워있던 엄마 일어나 턱시도우의 바지를
벗긴다.
무대는 어두워지고 딸만이 스포트라이트를 받는다. 먼지 날린다.

턱도	(감탄하며) 오, 당신은 모델이 될 수 있습니다.
엄마	(흥분된 듯) 정말요?
턱도	그래요.
엄마	고마워요.
딸	(귀를 막으며) 그만! 그만!

스포트라이트 받는 엄마와 턱시도우. 무릎을 꿇고 알몸인 채로
껴안고 있다.
딸은 가위를 들고 그들에게 간다.

딸을 보며 놀란 표정을 짓고는 동작 멈추는 엄마와 턱시도우.

무대 암전 되면서 가위질 하는 소리.

4장

재봉틀을 돌리고 있는 딸. 엄마는 알몸으로 침대에 누워있다.

사이.

옷을 꺼내 입는다.

엄마   아가야, 이 옷 어때? 오늘 새로 산 옷이란다.

딸   아직까지 팔 물건이 있었나 보죠.

엄마   M을 만나고 나서 기분 전환 좀 할 겸해서 백화점에 갔었어. 모두들 나한테 인사를 하더구나. 내 미모 때문일 거야.

딸   거짓말.

엄마   쇼핑을 하는데 한 남자가 내게 오더니 같이 식사라도 하자는 거야. 망설였지. 값싸게 놀 순 없잖니.

딸   싸게 놀았겠지.

엄마   아가야, 무슨 말버릇이니, 엄마한테. (사이) 그 남자와 근사한 레스토랑에 가서 근사하게 점심을 먹었단다. 이 옷도 그가 사준 거야. 그는 검은 빛이었어.

무대 어두워진다. 사이. 무대 중앙이 서서히 밝아지면 엄마와 검은 모자를 쓰고 검은 선글라스를 끼고 검은 망토를 걸친 남자가 마주보고 서 있는 모습이 보인다.

이들 곁에서 가위를 쥐고 이들을 보고 있는 딸.

엄마가 남자의 망토 속으로 들어간다.

남자 신음소리 낸다.

딸   (날카로운 목소리로) 삭제!

엄마는 남자의 망토 속에서 얼굴을 내밀며 관객을 향해 과장되게
놀라는 표정을 짓는다.

남자 역시 관객을 향해 놀란 표정을 짓는다. 둘의 행동 멈춘다.

딸   노골적 성묘사는 유해할 뿐!

딸은 가위로 그들이 멈춰 선 공간을 자른다. 양옆은 순조롭게 자
르나 윗부분이 잘 닿질 않자 뛰면서 자른다.

남자는 자신의 머리가 잘려 나갈까봐 불안스레 눈동자를 굴린다.

엄마는 남자를 아래로 끌어당긴다. 키가 작아진 남자.

딸은 만족의 미소를 지으며 쉽게 윗부분을 자른다.

다 자르고 나서 그들 곁으로 서는 딸.

엄마와 남자의 행동이 다시 시작된다.

이번엔 남자가 엄마의 치마 속으로 들어간다. 엄마 신음소리 낸다.

딸   자본주의 최대 산업은 섹스! 삭제!

남자는 엄마의 치마 속에서 고개를 내밀며 관객을 향해 놀란 표

정을 과장되게 짓는다. 엄마도 관객을 향해 놀란 표정 짓는다. 둘의 행동 멈춘다.

딸은 방금 전과 같이 그들이 멈춰 선 공간을 자르는데 양옆은 잘 자르나 윗부분은 뛰면서 자른다. 엄마는 머리가 잘려 나갈까봐 불안스레 눈동자를 굴린다.

남자는 엄마를 아래로 끌어당긴다. 키가 작아진 엄마.

딸은 미소 지으며 쉽게 윗부분을 자른다.

암전.

5장

소파에 앉아 있는 엄마. 재봉틀을 돌리는 딸.
사이.
엄마 스포트라이트를 받는다.

엄마 (일어서며 관객을 향해) M은 날 위한 옷을 만들지 않았습니다.
M은 디자이너도 매니저도 아니었습니다. 모델이 되겠다
는 내 꿈을, 이상을 이용했습니다. 난 그가 원하는 대로 다
해주었습니다. 돈, 섹스, 단지 무대에 서겠다는. (흐느낀다)

딸 스포트라이트 받는다. 재봉질 하고 있던 옷을 들어 보이며 흐
뭇한 미소를 짓는다. 옷을 옆에다 내려놓는다.
엄마 다시 스포트라이트를 받는다.

엄마 모델이 되기 위해서는 옷을 많이 가지고 있어야 한다고
생각했습니다. 옷을 사기 위해 가구들을 모조리 다 팔아
버렸습니다. 옷장, 장식장, 소파, 침대, 책장, 책상, 화장대
다 팔고 옷만을 사들였죠. 우아하고 아름답게 보여야했습
니다. 싱크대, 냉장고, 라디오, 오디오, 가스레인지, 텔레비
전, 세탁기 등 모조리, 모조리 팔아버리고 옷만을 샀습니
다. 딸은 옷 하나 제대로 입지 못하고 먹을 것도 제대로 못

먹었습니다. 죄책감? 천만에. 미래를 생각했던 것입니다. 내가 무대에 서면 당연히 유명해집니다. TV에 출연하고 영화에 출연하고 CF 찍고. (흥분하며) 1초에 1억을 버는! 난 확실한 팔방미인이니까 돈 깔고 자는 건 시간문제입니다. 돈이 와르르르륵! 그때를 기다린 겁니다. 돈! 돈! 돈! 그날을 위하여! 큰 목표를 위해 작은 일을 희생하는 거야 말로 진짜 행복에 도달할 수 있는 길이 아닐까요?

다시 스포트라이트 받는 딸. 재봉틀 돌리다 말고 배가 고픈 듯 배를 움켜진다.
어깨를 주무른다. 목을 돌린다. 허리를 편다.
사이.
다시 재봉틀을 돌린다.

엄마   딸을 굶기고 싶지 않았습니다. 세상에 어느 부모가 자식 굶어 죽는 꼴을 보겠어요? 내 자신을 위해, 딸을 위해 투자를 했던 겁니다. 난 부모로서 책임을 다했습니다. 나름대로의 책임을요. 미래를 위해 오늘을 참고 견디자. 명언입니다. 이런 말에 우리는 길들여져 있습니다. 감히 누가 불만을 말하겠습니까. 그저 돈 많이 벌어 많이 쓰고 사는 게 속 편하죠.

딸 스포트라이트 받는다.

힘겹게, 매우 느리게 재봉틀을 돌리며 한숨을 쉰다.

피곤한 얼굴. 초점 없는 눈동자.

사이.

먼지 날리면서 암전.

6장

엄마는 소파 앞쪽에서 무엇인가 찾기 위해서 바닥을 긴다.
딸은 재봉틀을 돌린다. 주위로 먼지가 날린다.

딸   (먼지가 날리는 주위를 보며) 보이질 않아.

엄마   그렇지 않아. 아가야. 잘 살펴봐. 과자 부스러기라도 나올
         수 있어.

딸   답답해. (사이) 배가 고파.

엄마   걱정하지 마. 영양보충을 하게 해 줄 테니.

콧노래를 부르며 바닥을 긴다.
의아한 듯 엄마를 쳐다보는 딸.

엄마   홀몸도 아닌데.

딸   웬일이에요? 내 걱정을 다하고.

엄마   좀 전에 말했잖니. 날 위한 일이 널 위한 일이라고.

딸   거짓말. 태어날 아가를 위해 모아 두었던 돈까지 옷 사느
         라고 다 써버렸어. 그럴 수 있어요?

엄마   (딸을 보며) 아가야, 보다 나은 미래를 위해선 착한 희생양
         이 필요한 거란다. 보시다시피 난 거짓말쟁이에다가 착하
         지도 않잖니. 그러니 대신 네가… 근데 아가야. 애 아빠는

누구니?

딸　　나도 몰라요.

엄마 무슨 뜻인지 모른다는 듯 딸을 쳐다본다.

재봉틀만 돌리는 딸.

다시 바닥을 긴다. 사이. 엄마를 쳐다보는 딸.

사이.

딸　　(심하게 놀라 일어서며) 저, 저, 저기 바, 바퀴벌레!

엄마　어디? (딸이 가리키는 침대 쪽으로 빠르게 기어간다. 주위를 살피며)
　　　　사라졌어. 정말 바퀴벌레였어?

딸　　응. 등이 반짝반짝 윤기가 도는.

엄마　(아쉬운 표정을 지으며 침대를 뒤진다) 턱시도우의 돋보기가 그
　　　　리워.

딸은 다시 재봉틀을 돌린다.

사이.

재봉틀을 돌리다 말고 다리가 가려운지 다리를 긁는다. 허리를
긁는다. 옆구리를 긁는다. 손을 넣어 무엇인가 꺼낸다. 바퀴벌레
이다.

딸　　(관객을 향해 기쁜 표정을 지으며) 찾았어!

엄마　(딸이 잡고 있는 바퀴벌레를 보며) 가만 놔둬!

딸에게로 달려가는 엄마.

딸은 엄마가 오기 전에 바퀴벌레를 입속에 넣어버린다.

엄마   (딸의 등을 때리며) 뱉어!

딸은 두 손으로 입을 꼭 막으며 씹고 있다.

엄마   어서 뱉지 못해!

강제로 딸의 입을 벌려 입속으로 자신의 손가락을 넣어 바퀴벌레
를 빼내려고 한다.

그러나 딸은 이미 다 먹은 상태이다.

딸   (헛구역질을 하며) 날, 날 위한다고 했잖아요.

엄마는 딸을 밀친다. 소파 근처로 넘어지는 딸.

엄마   언제? 날 위하는 일이 널 위하는 거라고 했지. 젠장, 이빨
         이 근질거려. 고기를 못 씹은 지 하도 오래되어서.

딸   (숨을 몰아쉬면서 바닥에 앉는다) 바퀴벌레가 고기야?

엄마   생각하기 나름이지.

딸   오늘 점심을 근사하게 먹었다고 했잖아요.

엄마   순진하긴. 거짓말은 내 생활이란다.

딸	옷은? 옷은 어떻게 된 거예요?
엄마	훔쳤지.
딸	도둑년.
엄마	입버릇을 고쳐야겠다.
딸	(생각에 잠기듯이) 그럼, 그럼….
엄마	백화점 화장실 앞에서 만났어. 검은 망토에 검은 모자를 쓰고 검은 선글라스를 낀 모습이 무척 인상적이었어. 난 급했어. 그 사람도 급해 보였지. 우린 서로를 쳐다보며 웃었단다. 그러자 그가 갑자기 내 팔을 잡더니 날 남자 화장실로 데리고 들어가는 거야.
딸	(귀를 막으며) 그만! (사이. 배를 만진다) 아기가 움직였어. 방금.
엄마	설마.
딸	(계속해서 배를 만지며) 아기가 움직여. 배가, 배가 아파.
엄마	넌 성교하지 않았어.
딸	그렇지만 임신했어. 어떻게 임신이 됐는지 모르지만.
엄마	상상임신이 아닐까.
딸	아냐, 아니라구.
엄마	거짓말.

딸의 진통이 시작된다. 한 손으로는 배를 잡고 한 손으론 소파를 잡는다.

엄마는 딸의 진통을 모른 척하며 침대로 가 옷들을 정리한다.

엄마   소용없어. 난 팔방미인이야. 내 앞에서 어수룩한 연기는 하지 마. 체한 거야. 바퀴벌레를 혼자 다 먹더니.

딸의 진통이 심해진다.

엄마   (딸의 아파하는 모습을 보며) 넌 엄마를 위하지 않았어. 엄만 널 위했는데.

음향으로 "거짓말"
딸이 거칠게 신음소리를 내자 엄마는 딸 곁으로 가서 상태를 살핀다. 딸의 이마에 손을 대보고 배를 톡톡 치기도 하며 치마 속으로 얼굴을 넣어본다.

엄마   (놀라며) 맙소사! 전화, 전화 어딨지?
딸   (거칠게 숨을 쉬며) 3년 전에 팔았잖아요.
엄마   맞아, 그렇지. (허둥대며) 어쩌지? (생각난 듯 손뼉 치며) 아가야, 조금만 기다려. 금방 올께. 알았지? 조금만 참아.

급하게 문밖으로 나간다.

딸   (힘없는 작은 소리로) 가지 말아요.

암전.

7장

소파 옆에 쓰러져 있는 딸.

신음소리. 희미하다.

엄마와 턱시도우 들어온다.

턱도 4개월도 채 안 됐다고 했잖아.

엄마 아가는 성교하지 않았대.

턱도 (딸을 보며) 바닥에 쓰러져 있어.

턱시도우와 엄마는 딸을 소파로 옮긴다.

엄마 (딸의 얼굴을 만지며) 많이 아프니? 얼굴이 보랏빛이야.

딸의 신음소리 멈춘다. 거의 기절 상태.

턱도 (문쪽을 바라보며) 바람이 들어오나. (엄마를 향해) 문 열어 놨어?

엄마 아니. (딸의 볼을 쓰다듬는다) 냉기가 도는 것 같아.

턱도 가만있어 봐. 움직이지 말고. (안주머니에서 돋보기를 꺼내 주위를 살핀다)

엄마 축축한 느낌이야.

턱도 (돋보기로 바닥을 보며) 바닥에 물이 고여 있어.

엄마 (바닥을 보며) 물?

턱도 (물이 떨어지는 곳을 돋보기로 쫓으며) 아가의 치마를 타고 흐르는데.

엄마는 딸의 치마 속으로 얼굴을 넣는다.

턱도 엄마라는 사실을 잊지 마.

엄마 (놀라며) 양수야, 양수가 터졌어!

턱도 터졌다구?

엄마 (딸의 어깨를 흔들며) 아가야, 정신 차려. 응? 아가야, 어서 정신 차려!
(딸이 반응이 없자 뺨을 때린다. 깨어나지 못하는 딸) 정신 차려!

턱도 때리면 어떡해? 아프잖아. 손 치워.

턱시도우는 주머니에서 혀를 꺼내 귀에 갖다 대고 틀니로 문다.
반응 없는 딸. 다시 반복하는 턱시도우. 역시 깨어나지 못하는 딸.

엄마 (혀와 틀니를 뺏으며) 우리 아가는 나와 달라. 저리 비켜.
(딸의 뺨을 세게 때린다) 아가야, 일어나야 해!

작게 신음 소리 내는 딸.
엄마와 턱시도우는 듣지 못한다.

턱도	구급차를 불러야겠어. 전화 어딨어?
엄마	(딸의 뺨을 톡톡 치며) 없어.
턱도	전화가 없다구?
엄마	그러니까 당신을 데리러 간 거였지.
턱도	그럼 우리가 받아?
엄마	(딸의 몸을 흔들며) 아가야, 정신 차려. 그래야 애를 낳는다구.
	(턱시도우를 보며) 빨리 물 데워!
턱도	(주위를 두리번거리며) 가스렌지는 어딨는데?
엄마	몰라. (딸의 몸을 흔들며) 제발, 정신 차려!

딸은 작게 신음소리를 낸다.

턱도	물은?
엄마	(신경질 적으로) 끊긴 지 오래야.
턱도	잘 돌아가네. 사오겠어. 기다려.

급히 나가는 턱시도우.
엄마는 딸을 바로 눕히고 딸의 양다리를 벌려서 세워 놓는다.
사이.
딸의 뺨을 때린다.

딸	(작게) 아파요.
엄마	이제 정신이 드는구나.

딸	때리지 말아요. (사이) 어떻게 된 거야.
엄마	아가야, 잘 들어. 넌 지금 빨리 애를 낳아야 해. 그렇지 않으면 너와 애기가 모두 위험하단다. 양수가 터졌어. 자, 이제 힘을 주어라.
딸	힘없어. 며칠 동안 굶고만 있었는데.
엄마	바퀴벌레 먹었잖아, 어서, 힘!
딸	(안 들릴 정도로) 힘.
엄마	더 크게.
딸	(작은 소리로) 힘.
엄마	손주를 보고 싶어.
딸	왜요?
엄마	무대에 같이 서려고.

딸 다시 의식을 잃는다.
엄마 세게 딸의 뺨을 때린다.

딸	(보통 소리로) 힘.
엄마	더 크게!
딸	(조금 크게) 힘!

턱시도우 빈손으로 등장.
딸의 모습을 보고 애를 받으려는 엄마를 밀친다.

턱도	애는 남자가 받아야 하는 거야.
엄마	그런 게 어딨어?
딸	(힘겹게 몸을 일으켜 턱시도우를 보며) 비켜요.
턱도	괜찮아, 아가야. 산부인과 의사들은 대부분이 남자란다. 병원에 왔다고 여기렴. (엄마를 보며) 아가 어깨나 잡으라고.
엄마	뜨거운 물은?
턱도	없대. 조금만 더!
딸	(크게) 힘!
엄마	그럼 어떡해?
턱도	머리가 보여, 아가야, 힘죠! 조금만 더 힘주라구!

엄마, 턱시도우와 같이 딸의 치마 속으로 머리를 넣는다.

딸	(아주 크게, 비명에 가까울 정도로) 힘!

무대 어두워진다.
아기 울음소리 들리다가 사라진다.
서서히 밝아지는 무대.
엄마와 턱시도우는 딸의 들쳐진 치마 밖에서 놀란 표정으로 치마 속을 바라보고 있다.

딸	(불안한 목소리로) 왜 그래요?
턱도	특종이야.

엄마	입 닥쳐!
딸	무슨 일이에요?
엄마	놀라지 마라.

턱시도우는 딸의 치마 속으로 다시 들어간다. 그리곤 아기를 받아 나온다.

아직까지 아기의 모습은 엄마에게 가려 보이질 않는다.

엄마, 부들부들 떨면서 턱시도우에게서 아기를 받는다.

엄마는 딸에게 아기를 보여준다. 딸은 아기를 보자마자 기절한다.

아기의 피부는 분홍색이고 머리는 보라색이며 눈은 노란색이다.

엄마	(기절한 딸을 보며) 아가야, 정신 차려. 아가야.

엄마는 아기를 턱시도우에게 넘기고 딸을 흔든다.

턱도	(아기를 보며 만족한 미소로) 상품가치가 있어. 이 아기를 봐. 잘 울지도 않고 이렇게 생긴 아기는 여태 없었어. 한 번 만져봐.
엄마	(손을 떨면서 아기의 피부를 만진다) 실 같기도 하고 솜 같기도 하고.
턱도	옷과 함께 20여 년을 산 사람이야, 나는. 딸이 재봉틀을 돌린다고 했지?
엄마	응.

턱도 알았어, 알았다구.

엄마 뭘?

턱도 옷감에서 나오는 먼지들이 우리 귀여운 아가의 몸속에 들어가 생명을 얻은 거야.

엄마 어떻게 들어가?

턱도 코, 입 같은 호흡기관을 통해서지.

엄마 설마, (사이) 그런 일이 가능해?

턱도 이 세상에는 불가사의한 일이 많아. 당신 딸은 선택받은 자일 수도 있어.

엄마 믿거나 말거나군.

턱도 이 아기는 보통 아기와는 달라. 먼지로 되어 있어. 물만 안 묻히면 돼. TV에 출연하면 돈을 엄청나게 많이 벌 수 있을 거야.

엄마 돈?

턱도 그래. 당신이 제일 좋아하는 돈. 4개월 만에 완벽한 아기를 낳다니. 딸이 근무하는 공장의 환경을 연구하면 먼지 아기를 대량생산할 수 있을지도 몰라. 딸이 다니는 공장이 어디지?

엄마 T물산.

턱도 T물산? 우리 회사 공장인데. 왜 여태 몰랐을까.

엄마 (생각난 듯) 당신이 우리 집에 처음 왔을 때 아가는 당신을 안다고 했었어. 사기꾼이라구.

턱도 맞아. (사이) 한때 공장에서 작업반장으로 일한 적이 있었어. 공장 안이 먼지로 꽉 차 있었지. 안개였어. 먼지의 안개. 짙은 먼지의 안개.

무대 어두워진다.

사이.

시계초침 소리 차츰 들려온다. 그리고 공장 안의 무섭도록 다양한 기계소리들이 시계소리와 함께 교향곡처럼 들려온다.

재봉틀을 돌리고 있는 딸의 모습이 보인다.

그 뒤에 팔에는 '작업반장' 이라 써진 완장을, 허리에는 방독면을 차고 있는 턱시도우.

턱도   (지휘봉을 휘두르며) 서둘러. 납품일이 얼마 안 남았으니까.
(딸의 팔을 치며) 이봐, 이렇게 돌리라구. (빠르게 재봉틀 돌리는 동작)

딸은 시키는 대로 재봉틀을 돌린다. 먼지 날린다.

기침을 하며 입을 막는 딸.

턱시도우는 허리에 차고 있던 방독면을 얼굴에 쓴다.

음향으로 "이번에도 생산량을 초과달성하면 보너스를 지급하도록 하겠다."

딸   (기침하며) 단 한 번도 보너스를 받아 본 적이 없어.
턱도   내 몫이니깐! 푸하하하!

우렁찬 공장 기계교향곡에 맞춰 턱시도우는 춤을 추며 지휘봉을
흔들고 딸은 그와 대조적으로 미친 듯이 재봉틀을 돌린다.

강압적인 턱시도우의 몸짓과 억압받는 딸의 모습이 대조되며 최
고조를 이룰 때 '팍' 하며 전구들이 깨지듯 기계교향곡이 파열하
며 무대는 암전된다.

사이.

조명 들어오면, 소파에 누워있는 딸.

엄마 그런 끔찍한 곳이 있었다니. 사실이야?

턱도 환풍기는 하루에 한 번. 식사시간에만 가동되는데 오히려
그 환풍기 때문에 내려 앉아 있던 먼지까지 사방으로 날
려 이건 밥을 먹는 건지 먼지를 먹는 건지 모를 정도였어.

엄마, 과장되게 몸을 떤다.

턱도 당신이 만약 그 곳에 단 1분이라도 있다 나오면, 콧구멍
안이 솜으로 매워져 있을 걸. 먼지로 된 솜으로 말야. (먼지
아기를 보며) 안 그래?

음향으로 먼지아기 목소리 "응."

턱도 (놀라며) 말도 하네.

엄마 세상에. 금방 태어난 아기가 말을 하다니. 기절하겠어.

턱도   이럴수록 정신을 바짝 차려야 해. 특종이야, 정말 특종이라구.

음향으로 먼지 아기 목소리 "맞아."
턱시도우 웃는다.

엄마   이제 어쩌지.

턱도   보라색 머리, 노란 눈, 서구적인 마스크. 어서 가자구.

엄마   어딜?

턱도   방송국에.

엄마   방송국?

턱도   옷을 힘들게 사 입을 필요가 없어. 모델이 되지 않아도 된다구.

엄마   모델은 내 꿈이었어.

턱도   그 꿈은 돈을 벌기 위해서가 아닌가?

엄마   돈, 돈, 돈 좋아. 가자구. 먼지아기를 위하여!

음향으로 먼지아기 목소리 "위하여."
함께 웃는 턱시도우와 엄마.
턱시도우는 주위에 있는 옷들로 먼지아기를 감싸고 엄마는 옷매무새를 가다듬는다.

딸   (깨어나며) 내 아기, 내 아기.

엄마와 턱시도우는 동시에 손가락을 입술에 갖다 대며 조용히 하라는 동작을 취한다.

딸 (나가려는 엄마와 턱시도우를 향해) 어디로 가는 거예요?

턱도 우린 이제 부자가 될 수 있어, 아가야.

엄마 (턱시도우를 보며) 우리라니?

턱도 귀여운 아가의 아기를 누가 받았지? 먼지아기에 대한 상품계획을 누가 세웠지? 나야, 나라구. 당신을 끼워 준 것만해도 고마워해야 해.

아무 소리도 못 하는 엄마.

딸 (흥분하며) 먼지아기라니? 상품계획은 뭐예요?

엄마 아가야, 진정하렴. 네가 낳은 아기는 보통 아기와는 다르단다. 온통 먼지로 되어 있어. 생김새도 독특하고. 말도 할 줄 안단다. 말해봐, 아기야.

음향으로 먼지아기의 목소리 "말해봐, 아기야."

엄마 어머, 유머 감각도 있네. (턱시도우를 보며 웃는다)

딸 어떻게 이런 일이.

턱도 기회는 자주 오는 게 아니란다. 이번에 돈을 왕창 벌어 보는 거야. 부자가 되면 넌 재봉틀 따위는 돌리지 않아도 돼.

엄마	TV에 출연하면 여기저기서 먼지아기를 보려고 모여 들겠지? 인터뷰 준비도 해야겠어.
턱도	자, 빨리 가자구.
딸	내 아기 데려가지 말아요.
엄마	아가야, 넌 집에 있으렴. 힘들잖니.

엄마와 턱시도우는 문으로 간다.
딸은 몸을 간신히 일으켜 소파에 앉는다.

엄마	(문을 열며) 아가야, 미역국 먹고 싶으면 끓여 먹어라.
턱도	물 안 나오잖아.
엄마	맞아. 그럼 전화로 주문해서 먹어라.
턱도	전화도 없잖아.
엄마	깜빡했네. 이 정신 좀 봐.
턱도	우리가 나가는 길에 식당에 가서 말해 놓을게.
딸	(흥분하며) 미쳤어요? 두 사람 다 왜 이래요?
턱도	이젠 더 이상 이집 저집 돌아다니며 추천서 써주지 않아도 돼.
엄마	아가야, 푹 쉬렴.

엄마와 턱시도우는 딸에게 손을 흔들며 나간다.

| 딸 | (절박한 목소리로) 안 돼. (사이) 내, 아, 기. |

기절하는 딸.

암전.

8장

무대 오른쪽에 재봉틀이 있다.

딸 지친 걸음으로 등장. 초점 없는 눈동자.

배가 불러 있다. 재봉틀로 걸어가다 멈춘다. 주위를 둘러본다.

딸 내 아기들, 내 아기들 어딨지? (두리번거리며) 애들아! 엄마가 왔어.

음향으로 먼지아기 목소리 "데려 갔어."

딸 (두려운 표정으로) 데려가다니 누가?

음향으로 먼지아기 목소리 "엄마와 턱시도우"

딸 (주저앉으며) 내 아기들을… (운다. 사이. 진통이 시작된다) 아, 배가…. (아파한다) 나오렴. (애써 미소 지으려 하며) 소중한 생명아.

무대 어두워지면서 딸이 비명을 지른다.

아기 울음소리 들린다.

9장

무대는 먼지아기들로 꽉 차 있다.

중앙에서 재봉틀을 돌리고 있는 딸.

배가 불러있다. 딸의 핏기 없는 얼굴 표정과 조명을 받아 화려하게 보이는 먼지아기들의 모습이 내조를 이룬다. 힘겹게 재봉틀을 돌리는 딸.

사이.

먼지 날린다.

진통이 시작된다. 배를 움켜지며 아파하는 딸. 먼지아기들 위로 쓰러진다.

의식 잃는다. 무대전체가 먼지로 덮인다.

사이.

딸 눈을 뜬다. 평온한 얼굴이다. 미소 짓는다. 사이. 눈을 감으며 죽는다.

무대 암전.

꽃신 그 길을 따라

등장인물

미영 : 30대 중반
할머니 : 90대 초반
고참 : 자승사자
신참 : 저승사자
미영 : 자아1,2,3
젊은 남편
동상들

무대

이곳은 미영과 할머니가 사는 현실공간이기도 하며 인물들의 생
각을 보여주는 가상공간이기도 하다. 즉, 저승의 존재와 이승의
존재가 공유할 수 있는 공간이어야 할 것이다.

미영의 공간과 할머니의 공간은 때로는 분리될 수 있으며 때로
는 합쳐질 수 있다.

할머니의 이동공간은 주로 물리적으로 한정되어 있으며 때때로
미영과 함께 공간을 공유해야 함을 주의해야 한다. 할머니 공간
엔 작은 서랍장이 있고 미영에겐 실타래 같은 거울이 있다.

무대는 다양한 두께와 질감을 지닌 실을 이용하여 미영 자아들
의 행위를 표현하고 할머니와 미영의 공간을 각각 상징한다. 때
론 팽팽하게 때로는 느슨하게 설치는 실의 이미지를 통해 삶과
죽음의 갈등 및 조화를 형상화시킨다. 실은 전적으로 미영의 자
아들이 설치해 간다. 이 또한 연극적인 움직임이다. 자아들은 일
정한 자기 공간이 있어 그곳에서 실을 늘어뜨리고 함께 행동하
기도 한다.

무대 뒷부분에 병풍을 설치하여 배우들의 퇴장 통로 및 뒷마당,
자아들이 숨어 있는 공간 등으로 활용한다.

프롤로그

서커스풍의 음악 흐른다.

꿈같은 미영의 작업 공간.

미영은 종이접기 하듯 가벼운 터치로 멈춰있던 동상을 자신이 꿈꾸는 모습을 만든다.

행복한 미소를 지으며 신나게 논다.

이때, 남자친구가 미영을 응시하며 그녀에게 다가간다.

멋진 남자친구는 미영에게 꽃다발을 건네고 끌어안는다.

한 차례의 굉음이 들린다.

모든 동상과, 남자친구 감정 변화 일어난다.

또 다시 굉음이 들린다.

행복한 모습에서 무너져 내리며 분노와 슬픔을 표현하는 동상들.

미영, 동상을 다시 일으키고 고쳐보려 하지만 동상들은 계속 무너져 내린다.

남자친구는 서서히 그녀 곁을 떠난다.

미영 동상들을 흔들어보지만 계속 무너진다.

또 다시 굉음이 들린다.

미영 굉음에 두려워하며 그 자리에 주저앉는다.

조명 서서히 암전

1장. 두 여성의 일상과 사자들

미영 할머니 방을 천천히 돌고 있다.

허연 피부에 머리카락까지 하얀 노인이 두 손을 바닥에 댄 채 앉아 있는데 어딘가를 응시하는 듯, 누군가를 찾는 듯하다. 두 손을 앞으로 내밀며 두 다리에 힘을 주어 힘겹게 서나 이내 주저앉는다. 또 다시 기어서 걸어 나가려고 하나 쓰러지게 된다.

누운 상태로 자신의 사타구니를 한참이나 바라본다.

미영은 어느덧 할머니의 공간에 들어와서 기계적으로 침을 닦아주고 할머니를 일으켜 앉힌다.

객석에서 사자1,2 등장.

사자들의 대사가 끝날 때까지 할머니와 미영은 각각의 행위를 계속한다.

사자1 (후배의 넥타이를 고쳐 매주며) 옷매무새가 단정해야지. 첫인상이 중요한 거야. 그래야 별 탈 없이 일을 행할 수 있다고.

사자2 밥 먹고 가면 안 돼요? 아, 배고파.

사자1 그건 안 돼. 잘못 받아먹었다간 우리가 다칠 수 있어. 내가 자네를 첫 교육 했을 때 다양한 사례들을 얘기하지 않았나? 그건 안 될 일이야. 좌천되기 일쑤고 태형은 당연히 받게 되지. 우리는 정직해야 돼.

사자2 정직하다가 굶주려 죽겠어요. 아, 아직 멀었어요?

사자1   (주변을 두리번거리며) 변함이 없구만. 12년 전이나 28년 전이나.

사자2   (무대 위로 올라가려고 한다)

사자1   안 돼. 기다려!

사자2   선배님! 끝나긴 하죠?

사자1   (긴장한 듯) 뭐든지 처음이 제일 힘들지.

사자1은 안주머니에서 명부책을 꺼내본다. 다소 긴장한 듯, 마음을 잡는 행동을 하며 대사한다. 사자2는 주머니에서 아이폰을 꺼낸다. 사자1을 보며 비웃듯,

사자2   선배님~ 시대가 어느 시대인데… 아~ 참….

사자1   서두르지 말고 자신감을 가져. 그래야만 해. 왜 자네를 교육생으로 스카우트 했는지 아나?

사자2   잘 모르겠는데요.

사자1   (지그시 쳐다보며) 잘생겼기 때문이야. 요즘은 얼짱, 몸짱, 차도남 시대라며? 우리도 그 변화의 흐름을 맞춰는 줘야지. 급하고 덤벙대고 버릇없는 거 다 내가 인내하마. (행위를 마치고 다시 명부책을 꺼내 본다. 갈 때가 된 것이다)

사자2   (아이폰을 들고 장난치듯 사진을 찍는다) 선배님~~~ 스마일~

사자1   까불지 마 이 녀석아.

사자2   근데 선배님! 무슨 땀을 그렇게 흘리세요? 긴장하셨죠? (웃음)

사자1   음, 가자, 지금.

사자2   지금요 ? 아싸~

조명 서서히 변화.

사자1   안녕하세요? 할머니.

사자2   (꾸벅 인사한다)

할머니   왜 이제 오셨어요. 여기 따뜻한 아랫목에 앉으세요.

사자1은 자리를 차지하고 옆에 쭈그리고 앉는다.

사자2는 약간 심심한 듯이 이를 바라보다 집안을 돌아다닌다.

미영   (친구와 통화하며 밝게) 아니, 전혀. 모시는 게 별 거 있니? (웃음)

할머니   (주머니에서 오래된 음식을 꺼내며) 우선 이거라도 드세요.

사자1   진짜 맛있는데요.

할머니   솜씨가 좀 늘었지요? 헤헤.

미영   일주일에 세 번 정도 만나. 오래 사귀어도 늘 새로워. (웃음)

사자2는 집안에 여기저기 둘러보며 이승집의 현지조사하듯 사진을 찍는다.

할머니   이건 어머니가 저 시집갈 때 해주신 거구요, 이거는 첫아이 돌 때 만든 거예요.

미영   언제라도 니들이 불러주면 나갈 테니까 연락 좀 해. 전시
회? 해야지. 곧 할 거야. 결혼?

사자1은 할머니가 보여준 물건들을 사자2에게 준다.
사자2는 탯줄에 물건을 걸고 사진을 찍는다.

할머니   (낡은 꽃신 꺼내며) 곱지요?
사자1   꽃신이네요?

사자1은 꽃신을 받아 만지작거린다.

사자2   젊은 여자가 방구석에서 이런 거나 만들고 앉아 있으니,
아직까지 시집도 못 갔지.

미영은 한편에서 전화를 하고 있다. 통화내용은 정확히 들리지
않는다.

사자1   (꽃신을 신어보려고 하는데) 제가 한번 신어 볼게요.
할머니   안 돼! 저리 가! 이건 안 돼!!! 가라구!

할머니는 급하게 꽃신과 무엇인가(사탕, 음식물 등)를 숨길만한
곳을 찾는다.
이때 할머니의 앞으로 사자2가 의도치 않게 여러 번 막아서게 되

고 할머니는 오히려 서랍장 안에 있는 물건을 마구 꺼내 꽃신을
숨겨 놓는다.

지저분해진 할머니의 공간.

미영　(할머니 소리 의식하나 밝게) 그래. 샤워 물 받아놔서. 꼭 보자.

미영은 핸드폰을 내려놓고 할머니 방으로 가려다가
여기저기 어지럽힌 물건들을 보게 된다. 순간 화가 난다.
사자2는 자리를 피한다. 사자1에게로 도망간다.
자아들은 각자 자신의 공간에서 분노, 변명, 슬픔의 감정들을 실
을 이용한 행위로 표현한다.

미영　그렇게 손대지 말라고 했는데. 할머니.

자아1　(큰소리로) 할머니!!!!!!!!

사자2　저 여자 성격 까칠하네. 아, 싫어.

할머니　잘생겼네. 우리 손녀 신랑?

미영 할머니와 같은 곳으로 시선. 사자는 보이지 않는다.

사자2　네? 아니에요. 절대, 절대. 제 스타일 아니에요.

미영　(정리하며) 어지르지 말라고 했지?

할머니　아냐, 아냐. 난, 아냐. 니 신랑 때문에 그랬지. 난 아냐.

미영　무슨 핑계가 그래, 할머니만 없으면 나도 신랑 각시질하

며 살겠네. 제발 정신 차려.

자아3　제발 정신 차려

할머니　(사자2 보며) 우리 손주사위!

미영　자꾸 이러면 나 무섭단 말이야.

자아2　자꾸 이러면 나 무섭단 말이야.

미영　그러면 우리 같이 못 살아. 못 산다구.

자아3　우리같이 못 살아.

사자2　선배님. 근데, 사정을 보니 좀 딱한데 빨리 끝내고 가죠?

사자1　아직 때가 아니야. 일에는 절차라는 게 있어. 쉬운 일이면 누가 우리 일을 못해? 너 나가서 선배들한테 인사해. (나가라고 손짓한다. 사자2 나간다)

할머니　싫어, 가지 마. 가지 마.

미영　알았어. 나 어디 안 가. 안 간다구. 알았지? 제발 정신이라도 좀 돌아와.

자아3　제발

미영　나 정말 힘들어.

자아2　힘들어.

미영　왜 항상 나 혼자 이래야 하는데.

사자1　(나지막하게) 할머니랑 같이 하면 되지.

미영, 뭔가 생각난 듯.

미영　할머니 심심하지? 우리 재밌는 거 하고 놀까?

자기 방으로 가서 종이를 가지고 할머니 방으로 들어온다.

사자1은 뒤로 물러선다.

미영은 할머니에게 종이 접기를 가르쳐 준다.

할머니, 종이를 보다 빨래하듯 바닥에 부비곤 손이 시린 듯 입에
대고 불어본다

미영   (할머니를 말리며) 그렇게 하는 게 아니고 이렇게 접어서….

할머니   아무리 대동강 물이 얼음장 같아도 속곳은 빨고 살아야지
         요. 아직 시집도 못간 처녀가.

미영   김숙여 여사님! 이건 팬티가 아니고요. 종이예요. 종이. 이
         걸 이렇게 접어서

할머니   언능 이리 줘. 사람 눈도 있는데, 창피하게….

사자1이 언젠가 모르게 서서 우두커니 할머니를 바라보고 있다.

할머니 사자1을 보고는 창피한 듯 종이를 구겨 뒤로 숨긴다.

할머니   (수줍은 모습으로 사자1에게) 뭘 그렇게 봐요. 아낙들만 있는
         데서.

자아2   찬물에 속곳 때가 지겠어?

미영   (할머니를 잠시 보다) 할머니 뭐가 그렇게 부끄러워서 얼굴이
         빨개졌네. 새색시처럼.

할머니 부끄러워서 뒤로 숨긴 종이만 더욱 구긴다.

미영   (구겨진 종이를 보며) 괜찮아 우리 한번만 더 해볼까?

할머니   (환하게 웃으며) 응!

미영은 자신의 손을 할머니 손에 겹치면서 종이 접기를 가르쳐
준다.

사자1 시계를 본 후, 퇴장.

조명 서서히 변화.

2장

미영과 할머니 종이접기 하다가 조명 어두워지면 미영 일어나서 할머니 방을 나온다.
할머니는 서랍장에 기대어 종이접기를 하다 잠이 든다.
미영 할머니 방을 천천히 돌기 시작한다. 미영이 병풍을 지나갈 때 자아들이 나와서 신음소리를 낸다. 미영 신음소리에 반응하듯 점점 몸을 잡으며 호흡이 빨라진다.
점점 빨리 할머니 방을 돌다가 절정에 올라올 때, 병풍으로 다가가 손을 뻗는다.
병풍 속에서 자아들의 손이 나와 미영을 애무하듯 만진다.
미영 객석 쪽으로 몸을 돌리면 할머니 방 조명 in.

할머니는 두 손으로 바닥을 짚은 채 힘겹게 일어난다.
두 손으로 바닥을 짚으며 마치 네 발로 느릿하게 걸어가는 동물처럼 그 자리에서 제자리걸음을 하며 가족을 찾는다. 친구를 찾는다.

할머니의 행동과 동시에 멀리서 남녀 성교의 신음 소리가 들린다.
병풍 속의 자아들이 점점 미영의 목을 조르기 시작한다.
신음소리는 할머니를 더욱 초조하게 만드는 것 같다.

할머니 어멈? 어멈? 어딨어? 다들 어디 갔어?

할머니는 힘겹게 한 손을 뻗는다. 소리가 나는 쪽으로 몸을 돌려
문을 열려는 듯한 할머니.
신음소리, 점점 빨라진다.

할머니 다들 어디 갔어? 아무도 없어? 야 이년아!!

신음소리가 "헉" 하는 소리로 바뀐다.
조명변화.
미영은 자신의 방으로 간다. 할머니로 인해 수치심을 느낀 것이다.
할머니는 아무렇지도 않은 듯 미영을 확인하고 다시 자신의 공간
으로 간다.

미영 늘 저런 식이야. 소리도, 인기척도 움직임도 없이. 날 찾는
다는 걸 알지만 방문을 꾹 잠그지. 잠만이라도 편하게 자
고 싶거든.

병풍 뒤에서 자아들 천천히 나온다. 힘든 마음의 상태를 움직임
으로 표현한다.

자아들 잠만이라도 편하게 자고 싶거든. (반복)

미영 담배를 찾아 꺼내서 천천히 문다.

할머니 누군가를 찾는다. 이때, 사자들 들어간다.

사자1 할머니 이야기를 듣는다.

할머니 (졸리지만 재밌는 얘기 해주는 모양으로) 내가 고향이 이북인
데, 처녀 때 대동강에서 속곳을 빠는데, 얼마나 손이 시
렸는지.

자아2 (울부짖는 마음) 불쌍해. 안쓰러웠어! 그녀에 대한 어릴 적
기억은 없었지만….

할머니 그때 우리 신랑 만났어.

자아3 (화나는 마음) 아버지의 어머니라는 이유만으로 건방지게 돌
보겠다고 했지!

자아2 난 착한 여자야….

사자2는 미영의 심리에 관심을 보이며 그녀 쪽으로 다가간다.

할머니 꽁꽁 언 살얼음을 곱게 깨주고 남들 눈치 보며 안쓰럽게
기다려줬어.

자아1 처음부터 어떤 경계를 넘어 그녀와 내가 단절되어 있던
걸까?

자아2 난 착한 여자야….

자아1 내 속엔 암세포 같은 파괴적인 내가 있었던 거야.

자아3 사실 애정도 연민도 없으면서.

할머니   긴 무명 치맛자락에 붙은 얼음 깨주다가, 아버지께 딱 걸렸지. 헤, 헤.

사자1은 할머니 얘기를 들어 주며 고개를 끄덕이며 할머니의 머리를 쓰다듬는다.
사자1 노래 부른다. 할머니 코 골면서 잔다.

미영   엄마.
자아들   엄마.

사자1의 노래는 계속된다.
조명 암전.

3장

사자1의 노래를 받아 미영이 노래를 부른다.

조명 in.

할머니, 불안해하며 안절부절 못한다.

미영은 할머니 목욕 준비에 한창이다.

큰 목욕통에 물을 받고 넓은 수건을 펼친다.

사자2는 사진 찍은 자료들을 보며 혼자 생각에 잠긴다. 미영에 대해서 궁금해 한다.

자아들 조금씩 움직인다.

할머니 사타구니에서 실타래를 꺼낸다. 실타래는 용변이다.

사자2　형님! 아니 선배님! 언제 가요? 아, 심심해.

사자1　구린내 난다.

할머니　(실타래로 온 방을 닦는다) 어, 어머님 때문에 그래요.

사자1　왜요?

할머니　어머님 눈 밖에 나면 안 되니까요.

미영　(목욕탕에서) 할머니! 목욕하자!

할머니　오셨다. 어떡해. 또 회초리로 때리겠지?

사자1은 이 부분에서는 관조적으로 바라본다.

사자2는 뭔가 일이 생길 거 같은 호기심에 할머니에게 다가간다.

미영, 할머니 방에 들어온다.

사자2도 함께 들어온다.

두 사람, 동시에 코를 막는다.

미영   또 쌌어? 할머니, 진짜 대단하다. 목욕하는 날인 줄 알고
         아예 쌌구나! 가자!

할머니   (시어머니인 줄 알고 거부한다) 싫어요, 안 가요. 살 못 했어요.

미영   할머니, 나 미영이야. 할머니 손녀, 미영이라고. 내가
         누구?

할머니   우리, 어, 어 , 어, 머니.

미영, 할머니를 강제로 일으켜 세운다. 그러다 주저앉는다.

사자2는 냄새에 헛구역질까지 한다.

사자1은 그런 사자2가 어리다고 생각한다.

미영   시어머니든, 미영이든, 똥 범벅 됐으니깐 씻어야 해요. 자,
         가자.

미영과 할머니는 몇 번의 주저앉기를 반복한다.

할머니   다들 어디 갔어… 어딨어. 나도 데리고 가. 엄마~ 엄마~
         나도 데리고 가.

미영   그렇게 가고 싶으면 가. 대신 씻고 가야 돼요.

다시 할머니 일으켜 화장실 가는 도중 미영을 때리기도 하고 울기도 하는 할머니.

할머니 (미영 때리며) 이년. 이 나쁜 년.

미영 평생 이러고 살 거야? 나 할머니 버린다!

할머니, 이 말에 조금은 얌전해진다.
다시 할머니를 부축해서 목욕탕에 데리고 간다.
미영은 할머니 옷을 벗긴다.
할머니, 몸을 가린다.
사자2, 미영의 모습을 유심히 관찰한다.
저렇게까지 해야 하는 것에 처음으로 의문을 갖는다.

할머니 엄마, 추워. 추워.

미영 응, 알았어. 엄마라고? 그래 시어머니보단 엄마가 백배 낫지.

미영은 물 끼얹어주면서 깨끗이 씻긴다.
할머니, 아기처럼 즐거워하면서 탕 속의 물을 첨벙첨벙 친다.
미영에게 물을 뿌리는 할머니. 깔깔 웃는 할머니.

미영 (조금 힘들다) 할머니, 가만히 좀 있어. 그래야 때 밀지.

할머니 추워, 춥단 말야. 나 안 해!

사자2는 할머니가 떼쓰는 게 짜증이 난다.

사자2   무슨 저런 할망구가 다 있어?

사자1   쉿!

할머니, 몸을 웅크린다.

미영이 오기가 생겨 할머니를 강제를 씻기려고 하다가 바닥에 자빠진다.

머리를 바닥에 부딪치는 미영이.

할머니, 그 모습이 재미있어 크게 웃는다.

미영이는 그 자리에 누워있다. 일어날 힘이 없다.

누워서 흐느끼는 미영. 짜증과 힘듦이 그리고 어머니에 대한 연민이 터져 나온다.

사자2는 미영에게 다가간다. 미영을 처음과 달리 인식하게 된다.

그녀를 안쓰럽게 느끼기 시작하는 사자2.

할머니   춥다고, 추워. 엄마….

사자1   그만 투정 부려요. 손녀 딸 미영이 힘들잖아.

할머니   (사이) 우리, 손녀. 미, 미영아. 미영아.

미영   (이 말에 다시 용기 내어 일어나 할머니를 마저 씻긴다) 깨끗하게 씻어야 맘마 준다.

할머니   네! 맘마!

미영이 씻기기 시작하면 할머니 노래 부른다.

사자1, 할머니와 미영 자연스럽게 노래를 함께 부른다.

조명이 변화하면서

미영이가 할머니를 씻기는 모습은 행위로 보여진다.

사자2　　왜 이렇게 가슴이 답답하죠?

사자1　　왜 여기 오니까 생각이 복잡하냐? (사이) 태어날 때나 죽어
　　　　　　갈 때나 슬픔도 있고 축복도 있고 괴로움도 있고 웃음도
　　　　　　섞이지. 왜 그럴까? 넌 어땠니?

사자2　　그걸 제가 어떻게 알아요? 빨리 끝내면 안 돼요?

사자1　　(시계 보며) 아직 아니야. 삶에서 죽음의 과정을 우리 맘대
　　　　　　로 늘렸다 줄였다 할 순 없어.

사자2　　할머니 미워요.

사자1　　자식. 저 아가씨는 맘에 드냐?

사자2　　아, 아니에요. 선배님도 참.

조명 변화.

옷을 입던 할머니, 미영의 눈치를 살피며 바지 주머니에 뭔가를
넣다.

미영　　　할머니, 주머니에 뭐야? 이리 내.

할머니　　아, 아냐.

미영은 할머니 주머니에서 과자, 나물, 전 종류를 꺼낸다.

미영   할머니! 배고픔 밥 달라고 하면 되지, 이거 다 뭐야? 옷에
        그냥 넣으면 어떡해.

할머니 나 배 안 고파. 너 주려구, 너 먹어.

미영   또 있지? 이렇게 놔둔 거 어디 있어? 할머니 방에 들어갈
        때마다 썩은 내 났었는데.

미영은 할머니가 항상 곁에 두던 보자기를 풀어헤친다.
그곳에는 상한 음식찌꺼기들과 낡은 꽃신이 들어있다.
할머니는 기어서 필사적으로 꽃신을 품에 안는다. 하지만 미영이
를 막을 수는 없다.
미영은 이를 갖다 버리려 할머니의 손을 뿌리친다. 미영 보자기
를 들고 나가버린다.

할머니 안 돼. 안 돼. 버리면 안 돼. (운다) 으, 으으윽, 으으으으…
        으으, 으으… 으으으으… 으으으으….

미영   그런 소리로 울지 좀 마! 지겨워! 눈물도 안 나오잖아!!!

미영은 보자기를 던져 버리고 자신의 공간으로 간다.
자아2 미영이와 같이 이동.
할머니 계속 울고 있다. 사자1이 다가와서 위로한다.

사자1 할머니, 어차피 다 두고 가는 거야. 울지 마.

할머니 …. (여전히 흐느낀다)

사자1 (사이) 우리 공기놀이나 할까?

할머니 (훌쩍이다 미소 지으며) 100년?

사자1이 할머니와 공기놀이를 한다.

동시에 미영은 결심한 듯 화장하기 시작한다.

자아2는 미영의 움직임과 똑같이 화장을 하나 그 화장은 과장되고 눈물에 번진 그림처럼 일그러진다.

사자2는 그런 미영을 안쓰럽게 본다. 미영에게 다가가는 지점은 대사 중에 이루어진다.

자아1 사타구니에 똥 범벅된 거, 그 역겨운 냄새는 이제 참을 수 있어. 혀 꼭 깨물면 되니까.

사자2 괜찮아요.

자아1 제일 참기 힘든 건. 어디로 튈지 모르는 행동들 때문이야. 아니, 그 눈빛, 나를 보는 건지, 내가 누구인지도 모르는, 산 사람 같은 눈빛이 아닌 날카롭고 차기만 한 눈빛.

사자2 다른 젊은 여성들처럼 데이트도 하고 쇼핑도 하고 거리를 좀 활기차게 걸어 봐요.

자아1 아니, 다 내 잘못이야.

사자2 당신도 인생이 있잖아요. 당신 바보야?

자아1 연민 때문에, 동정 때문에, 할머니이니까, 엄마를 느낄 수 있다고 생각했던 내가, 내가 잘못이었어.

미영   (전화 걸며) 지금 만날래? 아니, 만나자!

미영, 자아2 동시에 퇴장. 사자2 미영이 걱정되는 듯 따라서 나
간다.
자아1 퇴장.

할머니와 사자1은 공기놀이를 끝내고 할머니의 잡다한 서랍장
구경을 한다.

사자1   와, 이 실패 오랜 만에 보는데?
할머니   (부끄러운 듯) 이거요? 헤헤~

할머니, 실패를 바라본다. 동시에 조명 변화하고 젊은 남편이 들
어온다.
사자1은 할머니의 추억을 본다. 남편은 할머니의 낯선 공간에는
들어오지 않고 그 곁에서 함께 있으며 행동한다.

젊은 남편 네, 아버님, 어머님 안녕히 주무세요. (할머니 곁으로 들어오
며 앉는다) 허리 아픈데 그만 해. 이리 줘요. 내가 할게.
할머니   이런 건 아녀자가 할 일이에요. 서방님은 화로에 손 녹이
고 계셔요.

부부 웃는다.

남편은 아내의 배를 쓰다듬기도 하고 "우리 장군님!" 하며 귀를 대어 본다.

남편은 아내에게 하얀 무명 보자기에 싼 무엇인가를 건넨다.

너무나도 고운 꽃신이다.

젊은 남편 여보, 자~

할머니 여보, 이렇게 귀한 걸.

할머니, 눈시울 젖는다.

젊은 남편 꽃신을 신겨준다.

젊은 남편 작고 고운 발이, 시집와서 거칠어진 거 다 알아. 미안해 여보. 내가 꼭 보답할게.

할머니, 눈시울 젖는다.

할머니 (맨 정신) 추억을 먹고 사는 게 인생이야.

사자1 할머니 인생은 아주, 많이 행복하셨겠네요.

할머니 (맨 정신) 그럼. 배부르게 많이도 먹었으니까. 우리 서방이 이제는 자꾸만 오라고 하네. 더 자주 불러. 내가 많이 보고 싶은가 봐.

젊은 남편 퇴장. 사자2 등장.
조명 변화.

사자1   아이구 조왕할머니 나타나셨네. 잘 지내셨어요? 네, 네. 알 겠습니다.

사자2는 어리둥절한 표정으로 사자1을 바라본다.

사자1   (밝게 웃으며) 이런 눈치 없는 놈. 가시는데 인사 안 하냐.

사자2는 어정쩡하게 일어나 인사를 한다.

사자2   저분이 그럼.

사자1   저분이 막으면 우리도 못 가. 성격 많이 죽었다. 얼마나 까 칠하고 괴팍했는지 몰라. 십이 년 전만 해도 아예 우리가 오는 날짜, 시간, 장소에 정확하게 버티고 앉아서 어찌나 우릴 못 가게 막는지. (사이) 길 잘 열어 준다고 했으니까 슬슬 가보세.

사자2   잠깐만요, 미리 알려주면 안 될까요? 몇 시, 몇 분이라든가?

사자1   그렇게 돕고 싶니? (사이) 우리가 도울 수 있는 건, 생명을 위해 죽음이 필요로 할 때뿐이다. 죽음으로부터 시작된 삶과 삶에 공존하고 있는 죽음은 숲과 같은 거야.

사자2   그래도 뭔가가, 뭔가 있을 거예요. 이건 너무 가혹하잖아요.

사자1	니가 할 수 있는 건 아무것도 없어.
사자2	선배님~~~

사자1,2 퇴장.

조명 변화.

할머니 추억 속에서 깨어난다.

발을 만지다가 꽃신을 찾으려고 서랍장을 뒤진다.

서랍장에 꽃신이 없다는 것을 알고 찾으려고 나선다.

불안하고 날카로운 쇳소리의 음악이 흐른다.

할머니는 힘겹지만 강한 의지로 분주하게 여러 공간을 넘나들며 찾으려는 움직임을 보인다.

이때, 할머니는 힘겹게 방에서 나와 다른 공간으로 이동한다.

할머니 병풍 속으로 기어 들어간다.

미영 등장.

미영 전화를 하려다 할머니를 부른다. 응답 없는 할머니. 할머니 방으로 들어간다.

할머니가 사라진 것을 알게 된다.

미영	할머니, 할머니 어디 있어?

자아1,2,3 등장.

미영은 집 구석구석을 찾는다. 어디에도 할머니는 없다.

자아들은 끈을 이용하여 미영의 앞길을 가로 막는 방애물을 설치한다.

벽면과 바닥에 얽히고설킨 삶의 질곡들.

빠름과 느림이 동시에 혼돈스럽게 표현된다.

미영　　할머니! 할머니!

실성한 사람처럼 돌아다닌다.

자아들도 뭔가를 찾는다.

조명으로 집밖을 표현한다.

미영　　(전화하며) 나 할머니 잃어버렸어. (사이) 할머니….

어디선가 '으으으…' 하는 소리 들려온다.

미영과 자아들 잠시 정지된다.

소리 쪽으로 얼굴을 서서히 돌리는 미영!

할머니　　(목소리) 으 으 으, 으 으 윽….

미영　　(소리를 듣는다. 몸이 잠시 떨린다. 소리 나는 쪽으로 간다)

조명 비추면, 할머니가 바지춤에 뭔가 넣은 상태로 몸을 떨며 병풍 뒤 숨어 있다.

미영   할머니… 어떻게 나왔어? 할머니 이럴까봐, 문이란 문은
다 잠그고 나왔는데 어떻게 나왔냐구. 그러다가 진짜 죽
어. 죽으면 난 어떻게 하냐고! (할머니 품에서 운다)
할머니   (맨 정신 돌아오며) 미안하다. 가야지, 이젠 정말 가야지, 너무
오래 살았어.

미영과 할머니는 서로 다른 울음을 운다.
조명 아웃.
문 열렸다 닫히는 소리가 들리며 미영을 괴롭힌다.
할머니를 잃어버렸다는 죄책감을 안겨주는 것이다.
자아들은 줄을 이용해 몸을 감싼다. 미영의 죄책감과 조여오고
작아지는 느낌을 표현.
사자1이 할머니 옆에서 노래를 부른다.

할머니   목청 좋네.
사자1   그곳에 가는 길이 얼마나 고운지 보여줄까?
할머니   그곳? 어딘데? 좋은 곳이야?

이 대사에 미영이, 할머니 방을 본다.
사자2는 미영의 복잡하고 불안한 심리를 보며 안타깝게 바라본다.
미영을 도와줄 수 없는 자신에게 화가 난다.
사자1은 춤을 추면서 저승길을 표현한다. 춤은 전통무용에서 탭
까지 즐겁게 표현한다.

꽃을 따다가 할머니에게 준다.

할머니가 너무 좋아서 소리 지른다.

할머니 (박수치면서) 우와, 곱다. 나도 추고 싶은데.

사자1 우리 연습할까요?

할머니 난 못 해. 다리가 말을 안 들어.

사자1 할 수 있어요. 다 버리면, 다 비우면 나비처럼 가뿐하게 걸어갈 수 있어요.

할머니 내가 갈 수 있다고? (웃으며 박수친다)

할머니와 사자1 노래를 부른다.

할머니의 웃음소리에 귀를 막는 미영.

미영 내 계곡은 마르지 않았어.

자아2는 가위를 들고 천천히 할머니에게 다가간다.

미영 난 살아있어. (사이) 난 할머니와는 달라. 살고 싶어.
난 살아있어, 난 할머니와는 달라. 난 살고 싶어
난 살아있어, 난 할머니와는 달라. 난 살고 싶어.

사자1의 노래가 끝날 무렵, 할머니는 편안하게 잠들듯이 생을 마감한다.

미영   할머니!!!!!!!!!!

자아2는 할머니를 죽이려는 마음으로 할머니 머리 위로 가위를
내리꽂는다.
조명 암전.

4장. 삶 속에 죽음 공존

할머니 방 조명 in.

할머니 어린 미영을 키우는 옛 모습이 보여진다.

미영을 끌어안고, 업고, 유치원 다녀온 미영을 맞이한다.

조명 서서히 암전.

상여소리 은은하게 들린다. 크게 들리다가 서서히 작아지면
조명 서서히 밝아진다.

사자1과 2 그리고 할머니는 앞전 모습 그대로 있다.

사자1　　그곳에 가는 길이 얼마나 고운지 보여줄까?

할머니　　그곳? 어딘데 좋은 곳이야?

사자1은 탭도 추고 전통무용도 추면서 저승길을 표현한다.

춤을 추면서 노래도 하고 꽃을 따다가 할머니에게 준다.

할머니가 너무 좋아서 소리 지른다.

할머니　　(박수치면서) 우아 곱다. 나도 추고 싶네.

아무 말 없이 미소 지으며 사자1은 춤을 계속 춘다.

어느새 박수를 치던 할머니는 나비처럼 가뿐하게 일어나 흥에

겨워 춤을 추기 시작한다.

할머니는 사자1을 따라한다. 두 다리를 펼 수도 있고 온전히 걸을 수도 있다.

할머니　내가 걸을 수 있네요.

사자1　(명부 꺼내 확인하며) 자, 이제 확인절차 들어갑니다. 김숙여 씨지요? 김해 김씨, 함경도 출생. 올해 나이 91세.

할머니　가는 길이 먼 가요?

사자1　강 건너 뒷산이 북방이요, 강 건너 앞산이 황천이라! 가까워요. 문 밖만 나서면 되요. 가서도 할 일 많아요. 가는 길에 지치면 저 잘생긴 신참한테 업어 달라고 해요. 쟤 운동해서 몸 좋아요. 배고프면 밥도 먹고 떡도 먹고.

할머니　나 보기보다 가벼워.

사자2　아, 네. (사자을 보며 눈물 흘리며) 선배님.

사자1　우리의 육신은 아버지의 뼈를 빌고 어머니의 살을 빌어 살다 가는 거야.

사자2　선배님….

할머니　근데, 나 시간 좀 주세요.

사자1　네.

사자2는 1장에서 걸어 놓았던 할머니의 탯줄과 그 줄에 걸린 비녀, 배냇저고리 등을 정성스레 거둔다.

할머니 자아들에게 다가간다. 차례로 자아들을 어루만지며 달래

준다.

자아들은 자신들이 만든 슬픔과 분노 그리고 변명 등 복잡한 심정의 줄들을 거두고 끊으며 사라진다.

할머니 자아들을 다 위로하고 미영에게 다가간다.

미영은 화장대에서 할머니와 찍은 사진을 보고 있다.

할머니, 미영에게 손을 뻗는다.

미영   닮았네. 미안해 할머니. 아프게 해서 미안해.

할머니 미영에게 다가가려고 한다.

사자1   이제 가시죠.

할머니 발길을 돌려 천천히 나간다.

사자1은 앞을 서고 사자2는 할머니 뒤에 서며 저승길을 간다.

추억을 간직한 채 남아 있는 미영과 저승길에 오른 할머니에게 탑 조명 비추면서 서서히 조명 어두워진다.

사이.

따뜻하고 밝은 분위기의 음악 흐른다.

미영 조명 in.

미영 정면을 보고 있다.

할머니 방 서랍장 위에 꽃신. 조명 in.

미영은 마치 할머니를 그리듯 꽃신을 보며 미소를 짓는다.

미영 조명 out.

할머니 꽃신 조명 out.

끝

한국 희곡 명작선 83

먼지 아기 | 꽃신 그 길을 따라

초판 1쇄 인쇄일 2021년 11월 25일
초판 1쇄 발행일 2021년 11월 30일

지 은 이 박주리
만 든 이 이정옥
만 든 곳 평민사
　　　　 서울시 은평구 수색로 340 〈202호〉
　　　　 전화 : 02) 375-8571 / 팩스 : 02) 375-8573
　　　　 http://blog.naver.com/pyung1976
　　　　 이메일 pyung1976@naver.com
등록번호 25100-2015-000102호
ISBN　　 978-89-7115-797-8 04800
　　　　 978-89-7115-663-6 (set)
정 　 가 9,000원

이 책은 사단법인 한국극작가협회가 한국문화예술위원회의 2021년 제4회 극작엑스포
지원금을 받아 출간하였습니다.